TRADUCTION

DU

THÉATRE ANGLOIS,

Depuis l'origine des Spectacles, jusqu'à nos jours.

Divisée en trois Époques.

Dédiée à Son Altesse Royale le Prince
HENRI DE PRUSSE.

SECONDE ÉPOQUE.

A PARIS,

Chez

La Veuve BALLARD & Fils, Imprimeurs du Roi, rue des Mathurins, Quartier Saint-Jacques.
MÉRIGOT l'aîné, Libraire, au Boulevard de la Porte Saint-Martin, & sous le Vestibule de l'Opéra.
MÉRIGOT le jeune, Libraire, Quai des Augustins
BELIN, Libraire, rue Saint-Jacques.
RENAULT, Libraire, rue Saint-Jacques.
Et au Bureau du Théatre Anglois, rue Sainte-Appoline, N°. 6.

M. DCC. LXXXIV.

Avec Approbation & Privilège du Roi.

THE
AMBITIOUS STEP-MOTHER:

O U

LA MARATRE
AMBITIEUSE;

TRAGÉDIE,

Par Nicolas Rowe, Ecuyer;

Représentée pour la première fois, sur le Théâtre Royal de Lincoln's-Inn-Fields, l'année 1700.

PERSONNAGES.

ARTAXERXÈS, fils aîné d'Arsace, Roi de Perse.

ARTABAN, son frère.

MEMNON, ami d'Artaxerxès, & Général d'Arsace.

MIRZA, premier Ministre.

MAGAS, Grand-Prêtre du Temple du Soleil.

CLÉANTHES, Confident d'Artaban.

ORCHANES, Capitaine des Gardes de la Reine.

ARTEMISE, veuve de Tribasus, & femme d'Arsace.

AMESTRIS, fille de Memnon.

CLÉONE, fille de Mirza.

BELISE, sa Confidente.

SATRAPES, GUERRIERS, GARDES, SACRI-FICATEURS.

La Scène est à Persépolis, Capitale de la Perse.

LA MARATRE

AMBITIEUSE.

ACTE PREMIER.

Le Théâtre représente le Palais Impérial.

SCÈNE PREMIÈRE.

MIRZA, MAGAS, *entrant chacun par une porte séparée.*

MIRZA.

HÉ BIEN, Magas, les Dieux nous sont-ils enfin propices, accordent-ils Arsace aux desirs de la Perse ?

MAGAS.

Hélas Seigneur! son ame fugitive est prête à s'envoler vers les Cieux. Quel sort cruel! Ne vaut-il pas mieux périr tout-à-coup, que de succomber si lentement à sa destinée ? Je suis entré dans son appartement; tout y annonce le lugubre appareil de la mort. La lumière vacillante des sombres lampes, y remplace les rayons éclatans du jour ; elle répand l'effroi & l'épouvante ; un morne silence interrompu quelquefois par les soupirs des Satrapes qui environnent le lit d'Arsace, augmente l'horreur de ce séjour.

MIRZA.

Avez-vous vu ce Monarque languissant ?

MAGAS.

Oui, Seigneur. Je m'en suis approché ; il a ouvert ses foibles paupières, & m'a jeté un regard mourant ; ce regard exprimoit encore la majesté d'un Roi. Frappé d'horreur, je me suis retiré en déplorant la cruauté des Dieux qui n'épargnent pas même le plus grand des souverains.

MIRZA.

Arsace meurt trop-tôt au gré de mes desirs. Le sort d'Artémise & de son fils Artaban dépend de son trépas. Artaxerxès & Memnon vont se rendre à Persépolis. Ils couvrent leurs desseins du voile de la Religion. La fête pompeuse du Soleil qu'on célèbre aujourd'hui, sert de prétexte à leur retour. Si leurs projets éclatent, cette fête leur sera funeste.

MAGAS.

Amestris vous désarmera, Seigneur : sa beauté....

M i r z a.

Fit naître la haine qui me dévore. Vous savez,
sans doute, Seigneur, que mon frère succomba sous
les coups de Memnon? Pour mieux venger la mort
de Cléander, j'offris à Artaxerxès la main de ma
fille. Ses charmes, sa fortune & son rang rendoient
Cléone digne de ce Prince : il la refusa, il osa même
braver le courroux de son père ; il préféra l'alliance
de Memnon, qu'Arsace venoit de punir.

M a g a s.

On dit que la Reine vous vengea de cet affront.

M i r z a.

Artémise cherchant à éloigner Artaxerxès de la
Cour, l'en fit bannir avec Memnon. Aussi-tôt elle
m'admit dans son Conseil. Quelle femme, Magas!
prudente dans les succès, intrépide dans l'infortune,
elle brave les vaines terreurs de la crainte, & dédaigne les menaces chimériques des Dieux. Plus
grande que Sémiramis, elle y joint encore la ruse
& l'artifice.

M a g a s.

Femme de Tribasus, comment est-elle montée
sur le trône de la Perse?

M i r z a.

Par le plus grand des droits; par l'amour, Ma-

gas. Le jour d'une fête solennelle, Arsace en re-
venant du Temple, vit cette beauté dangereuse. Artémise placée sous un portique de son Palais, y atten-
doit le retour du Roi. Une légère draperie la cachoit
à ses regards ; soit ruse, soit un effet du hasard, au moment où ce Monarque approche, la draperie tombe,
& montre aux yeux du Prince, la belle épouse de Tribasus. Elle rougit ; son embarras augmente ses charmes, & l'amour perce d'un trait de feu, le cœur
du Maître de l'Asie. Il soupire, il cache à peine son
trouble, & ne pense qu'à satisfaire ses desirs. En vain,
je lui rappelle le nom de Tribasus, les droits d'un
époux, il est sourd à la raison, & m'ordonne de
conduire Artémise à la Cour.

M A G A S.

Quelle insulte pour ce brave guerrier !

M I R Z A.

Il combattoit alors avec Memnon, les ennemis
de l'Empire.

M A G A S.

Artémise fut sans doute sensible à l'hommage
d'un Roi ?

M I R Z A.

Le devoir céda à l'espoir de régner. — Je me
rends dans son Palais ; je lui fais part de sa victoire ;

elle m'écoute d'un air confus; elle hésite : mais
après une foible résistance , elle me suit chez
Arsace, & cet instant est le signal de sa gloire. On
accuse Tribasus de trahison, on l'immole, & sa
mort assure le repos du Monarque. Depuis ce moment Artémise gouverne la Perse. Pour rendre son
triomphe complet, elle a fait nommer Artaban successeur du grand Arsace.

M A G A S.

Croyez-vous qu'Artaxerxès consente à être dé-
pouillé de ses droits?

M I R Z A.

Ses droits sont des foibles obstacles à nos projets.
Il en est d'autres plus difficiles à vaincre. Le crédit
de Memnon , son attachement pour Artaxerxès sont
des dangers plus allarmans ; mais j'y opposerai mon
expérience..... Brisons leurs liens? Que la discorde,
que l'appas des bienfaits les désunisse ? Un tel projet
est digne de Mirza.

M A G A S.

Vous renverseriez plutôt ce vaste Univers....

M I R Z A.

La crainte vous aveugle. L'homme actif & artificieux dès qu'il ose entreprendre , franchit tous les
obstacles ; l'homme indolent & timide , recule au

A iv

moindre revers : l'incertitude du succès le rend victime de ses propres chimères, il tremble à l'approche de l'évenement. — Mais je connois Memnon, Seigneur ; la fougue de ses passions me donne des armes contre lui. Franc & colère, il lui manque cette politique raisonnée, qui nous assure le fruit de la vengeance. De tels caractères sont les jouets du sage ; ils succombent sous leurs propres pièges, & deviennent les victimes d'un Ministre habile & prudent.

M A G A s.

Ce que vous me dites réveille mon espoir. Je puis vous servir auprès de Memnon ; je puis, sous le masque de l'amitié qui nous unissoit autrefois, pénétrer jusques dans les plus secrets replis de son ame, & découvrir tous ses projets.

M I R Z A *avec transport.*

Ami, tu surpasses mon attente ! Ce masque trompeur en impose toujours. — Mortels insensés ! quand la nature, par indolence, vous accorde la franchise, c'est pour s'épargner la fatigue de former un homme tel que moi. La prudence & la raison annonce le chef-d'œuvre des Dieux. — Tout favorise nos desseins. Pour mieux en assurer le succès, promettez mon amitié à Memnon. Votre charge, votre ministère, banniront les soupçons ; ils jetteront un voile sur la dissimulation....

M A G A S.

Mais il me vient un doute, Seigneur. — Peut-
être Memnon craindra-t-il le piége qu'on lui tend...

M I R Z A.

Dis-lui que l'amour de la Patrie l'emporte sur
ma haine.

M A G A S.

Quoi, vous pourriez oublier la mort de Cléander?

M I R Z A.

Périsse plutôt la Perse ! Non, non Magas : l'ardeur de la venger ne s'éteindra qu'avec ma vie.

M A G A S.

Mais il redoutera la puissance d'Artémise.

M I R Z A.

Promets-lui sa faveur, promets-lui la main d'Artaban pour sa fille; promets-lui tout ce qui peut
flatter son orgueil : jures que je suis sincère; de tels
sermens n'offensent point les Dieux.

M A G A S?

Comptez sur mon zèle.

M I R Z A *en l'embrassant.*

Digne ami, partage ma gloire, sois aussi puissant que Mirza. — Mais j'apperçois la Reine. Son air rêveur annonce quelque grand projet. — Mettons-nous à l'écart, de crainte d'en retarder l'évènement.

SCENE II.

ARTÉMISE, MIRZA, MAGAS, GARDES, & *suite de la Reine.*

ARTÉMISE.

FERME, mon ame ! reposes-toi sur ta propre force ; dédaigne la méprisable incertitude d'un sexe, dont tu n'aimes que la forme séduisante. — Loin de moi crainte puérile ! — Tu t'opposes vainement à ma gloire. Les Dieux m'ont fait naître pour régner.... Mais pourquoi ont-ils enfermé l'ame d'un Héros dans ce frêle emblême de l'impuissance ?.... Injustes Dieux ! si le destin a trompé votre sagesse, dois-je en souffrir ? Non, non : l'ambition leur plaît, ils n'ont jamais ordonné qu'Artémise fût l'esclave de Tribasus, qu'elle fût soumise aux loix d'un époux... Puissans Immortels ! j'ai réparé votre erreur ; j'ai brisé des liens odieux ; j'ai tout osé pour achever votre ouvrage. ... que le succès couronne mon audace. Allons consulter Mirza ? (*En voyant Mirza & Ma-*

gas) — Pardon , Seigneur : occupée de projets importans , je ne vous avois pas apperçu.

M I R Z A.

Les projets des Princes, ainsi que ceux des Dieux,
sont respectés par les foibles mortels.

A R T É M I S E.

Je connois le zèle de Mirza, chaque jour ses
conseils annoncent sa sagesse. J'ai besoin de votre
ministère , Seigneur.

M I R Z A.

Ah Madame ! ordonnez.

A R T É M I S E.

Depuis long-temps l'amitié nous unit ; pour res-
serrer nos liens , je veux vous allier au trône de la
Perse.

M I R Z A.

Vos bontés, Madame, m'égalent au rang des
Dieux.

A R T É M I S E.

Cléone est digne de la main d'Artaban ; pourquoi
cette jeune beauté languit-elle loin de la Cour ?

M I R Z A.

Douée d'une ame sensible , Cléone aime le silence

des forêts. Triste & languissante, le cœur en proie au chagrin, elle préfère la solitude des bois, aux plaisirs bruyans de la Cour. Une douleur cachée semble dévorer son ame.

ARTÉMISE.

L'indifférence cause sans doute son tourment, c'est à l'amour à l'en venger. L'hymen ranimera ses charmes. Mon fils l'adore ; instruisez Cléone de sa victoire ; & vous, Magas, suivez-moi chez le Roi. Offrons nos vœux aux Dieux. Peut-être que la présence d'un Ministre des Autels, nous les rendra favorables, & me conservera mon époux.

(*Elle sort, suivie de Magas*).

SCENE III.

MIRZA *seul.*

INSENSÉ Pontife ! crois-tu que Memnon tombera dans ton piége grossier ? J'approuve ton projet, j'y ai même applaudi ; mais c'est pour te rendre la victime de mes ennemis. Mes soins artificieux fixeront ton inconstance ; ils te forceront de servir mes desseins. Mon ambition satisfaite, peu m'importe que tu succombes sous tes propres ruses. — Mais, voici

Memnon, fuyons ses regards, de crainte qu'il ne
pénètre mes projets.

Il sort.

SCENE IV.

ARTAXERXÈS, MEMNON, *suite de Guerriers.*

ARTAXERXÈS.

Les regards étonnés du peuple annoncent sa
surprise de nous voir dans ces lieux.

MEMNON.

N'en doutez-pas, Seigneur; ces regards vous
disent que les Persans découvrent dans vos traits
l'image du grand Arsace. Vous avez la démarche
& le maintien de ce Prince. C'est ainsi qu'en reve-
nant des combats, il entroit en triomphe dans ce
Palais. Son char étoit précédé de la victoire. Le peuple en foule sur son passage, remplissoit l'air de cris
d'allégresse. — Mais ce temps n'est plus, Seigneur;
l'Empire est en proie aux dissentions, & la Perse,
gouvernée par une femme, languit dans l'indolence.
— Ah mon fils! souffrirons-nous long-temps ce
honteux esclavage?

A R T A X E R X È S.

Victime de l'artifice, j'ai préféré l'exil à la honte d'encenser une Marâtre ambitieuse. J'ai méprisé l'orgueil d'un Ministre intrigant ; j'ai dédaigné de flatter un Pontife tremblant : Voilà la cause de tous les maux qui affligent l'Empire. Artaxerxès pouvoit-il oublier son rang, pour monter sur le Trône où l'ont placé les Dieux ?

M E M N O N.

N'accusez qu'Artémise de vos malheurs. Tout l'art des Ministres n'auroit pu vous ravir la tendresse d'un père. Arsace, victime des ruses d'Artémise, séduit par sa beauté, aujourd'hui accablé par l'âge & presque sur le bord de la tombe, n'a pu se garantir des piéges de cette femme ambitieuse. Oubliant les devoirs d'un père & d'un Roi, redoutant les reproches de la Reine, il a banni du Trône son légitime successeur, pour faire régner le fils de votre ennemie.

A R T A X E R X È S.

Crois-tu, Memnon, que je consentirai jamais à ce comble d'injustice ? Si jamais j'ai cette foiblesse, refuse-moi la main d'Amestris. Loin de porter les chaînes d'un frère, l'espoir de lui disputer mes droits, ranime mon courage. Qu'il paroisse, il sentira bientôt l'effet de mon courroux.

M E M N O N.

Artaban est fier & généreux, il méprise l'injustice & quoiqu'impatient de régner, il condamne les artifices de sa mère. On dit que, dans le Conseil, chacun admire sa sagesse, chacun se rend à ses avis.

A R T A X E R X È S.

Plus mon rival a de vertus, & plus il est digne de mon courage. Allons?... Mais j'apperçois la belle Amestris ; sa présence retarde ma vengeance.

SCENE V.

Les précédens. A M E S T R I S.

A M E S T R I S.

Je me rends à vos ordres, Seigneur.

M E M N O N.

Ma fille ; dans un Palais où tout respire la haine, votre salut dépend des soins d'un père, ou de ceux d'un époux. — Prince, veillez à sa sûreté ; je vais avertir Tigrane de se rendre auprès de nous.

Il sort.

SCENE VI.

ARTAXERXÈS, AMESTRIS.

ARTAXERXÈS.

Bannissez vos craintes, Madame : ce bras saura seul vous défendre contre vos ennemis.

AMESTRIS.

Hélas, Seigneur ! pouvez-vous blâmer mes alarmes ? Elevée dans des forêts, je redoute les dangers de la Cour ; la fraude & l'imposture nous environnent. A chaque pas que nous faisons dans ce Palais, un gouffre se creuse sous nos pieds, & menace de nous engloutir. Cruelle ambition! tu m'as arrachée de nos paisibles retraites.

ARTAXERXÈS.

Digne compagne de la gloire qui m'attend! que mon courage ranime votre espoir ? Oui, je vous jure par le Soleil, par la puissance du grand Arsace, que je n'aspire au trône de la Perse, que pour vous rendre heureuse.

AMESTRIS.

Vaine apparence de bonheur ! Ah Prince ! si vous connoissiez la douceur de la médiocrité, vous chan-
geriez

geriez de langage. Sûre de votre cœur, je préfère un hameau au plus brillant diadême. Loin des peines & des soucis attachés aux grandeurs, nos jours s'écouleroient en paix. Tranquilles dans notre obscurité, la haine d'une Maratre, l'ambition d'un frère les basses intrigues d'un Ministre, respecteroient notre repos. Les Bergers ne nous dépouilleroient pas de notre héritage : la nuit un doux sommeil fermeroit nos paupières, l'amour allégeroit les travaux du jour....

ARTAXERXÈS.

N'achevez pas : ce tableau séduisant effaceroit, éreindroit même dans mon cœur le desir de régner.

AMESTRIS.

Le fils d'Arsace est né pour donner l'exemple à toute l'Asie : il est condamné à languir sur le trône.....

ARTAXERXÈS.

J'y renonce, si vous n'en partagez le fardeau.

AMESTRIS.

Ma raison se refuse au rang que vous m'offrez; mais mon cœur s'y soumets. Que les Dieux soient témoins de mon sacrifice ! allons confirmer dans leur Temple, le serment que je fais de vous être fidelle.

B

A R T A X E R X È S.

Si l'astre brillant qu'on y adore, perdoit l'éclat de
sa lumière, il puiseroit ses rayons dans le feu de vos
yeux.

Fin du premier Acte.

ACTE II.

SCENE PREMIERE.

MEMNON, MAGAS.

MEMNON.

Non, non; vous ne m'en imposerez pas, je connois la Cour : on n'y recherche point l'appui d'un exilé. — Laissez-moi, Seigneur : craignez la contagion attachée à l'infortune.

MAGAS.

Dans un siècle où le vice triomphe, quel autre que Memnon, est digne d'être recherché. Vos vertus, Seigneur, nous rappellent vos illustres aïeux.

MEMNON.

Tu me flattes, & tu prétens me faire croire que tu es mon ami. Si ton cœur n'est aussi pur que le Dieu que tu sers, songe Pontife, que tu souilles ton ministère.

MAGAS.

Les Dieux sont témoins que Magas a gémi sur vos malheurs. — Combien de sacrifices leur ai-je offert pour votre retour ! Mais le Ciel propice à

mes prières, vient enfin d'exaucer mes vœux, &
m'accorde le bonheur de revoir mon ami.

MEMNON.

Les Dieux sont justes, Magas, ils mettent un
terme à l'infortune ; s'ils me condamnent à d'autres
malheurs, je les souffrirai sans honte, & mourrrai
avec gloire.

MAGAS.

Vous pouvez fixer l'inconstante fortune ; renoncez
au projet de rallumer la guerre, & goûtez en paix
le bonheur qui vous attend.

MEMNON.

L'ambition n'a point armé mon bras ; j'obéis à la
loi de la nature : elle m'ordonne de me défendre
contre mes ennemis. Je connois leurs desseins,
Seigneur.

MAGAS.

La haine vous aveugle....

MEMNON.

Ne m'ont-ils pas déshonoré ? N'ont-ils pas pros-
crit cette tête couverte de lauriers ?

MAGAS.

Oubliez cette offense....

MEMNON.

Je ne puis. — Après cinquante années de services,

après avoir blanchi sous les armes, après avoir bravé la rigueur des saisons, devois-je m'attendre à cette insulte! A la Cour, on s'abandonnoit au plaisir, & tandis qu'on s'y livroit à la mollesse, moi je combattois les ennemis d'Arsace, j'assurois à son peuple la paix & le repos. Ardent à le défendre, je donnois l'exemple de la valeur; j'encourageois les Persans au combat : fatigué de vaincre, je ramenois mes troupes triomphantes, couvertes de gloire, & chargées de dépouilles. — Oui, Seigneur : Mirza malgré sa haine, fut forcé d'applaudir à mes exploits.

M A G A S.

Mirza vous rend justice, Seigneur : il fait plus, il veut se réconcilier avec vous.

M E M N O N.

Avant de consentir à ce comble d'infamie, l'astre du jour perdra sa lumière. Je jure...

M A G A S.

Ah Seigneur ! épargnez-vous les sermens, que l'amour du bien public étouffe la vengeance; Mirza lui sacrifie sa haine, il oublie en sa faveur, la mort d'un frère :... Memnon doit-il être moins généreux que lui?

M E M N O N.

Je ne puis croire que Mirza soit sincère. Quel garant me donne-t-il de sa foi?

M A G A S.

L'hymen d'Artaban avec l'aimable Amestris : la Reine veut elle-même les conduire à l'Autel.

M E M N O N.

Si cet hymen doit éteindre notre haine, vos efforts sont inutiles, Seigneur.

M A G A S.

Quoi, vous refuseriez l'alliance d'Artaban ?

M E M N O N.

Aujourd'hui ma fille s'unit à Artaxerxès ?

M A G A S.

Artaban lui offre le Trône avec sa main.

M E M N O N.

Le Trône, Seigneur ? Les Dieux l'ont destiné à son frère.

M A G A S.

De quel droit ?

M E M N O N.

Par celui de la naissance.

M A G A S.

Ignorez-vous, Seigneur, qu'Artaban est nommé le successeur d'Arsace ? Tous les Satrapes approuvent ce choix ; on n'attend que l'aveu de Memnon pour déclarer sa volonté au peuple.

MEMNON.

N'espérez pas que je consente à cet excès d'injustice.

MAGAS.

Quoi, vous vous opposeriez aux ordres de votre Maître?

MEMNON.

Crois-tu que je sois assez vil, pour trahir Artaxerxès?...

MAGAS.

C'est un rebelle....

MEMNON.

Perfide! respecte un Prince protégé par les Dieux. — Mais j'entrevois tes desseins; tu t'es flatté de corrompre ma foi.....

MAGAS.

Je t'offres des bienfaits, & tu m'accables d'injures....

MEMNON.

Je dédaigne les faveurs d'un scélérat. — Mais, quel Démon t'as fait croire que Memnon approuveroit tes projets infernaux?...

MAGAS.

Quand tu sentiras l'effet de ton ingratitude, n'en

accuse que ton imprudence. Je te quitte , mais c'est pour te laisser en proie aux plus cuisans regrets.

M E M N O N.

Si j'avois cette foiblesse, puisse le Ciel , m'accabler de son courroux. Grand Dieu ! lance ta foudre sur l'impie qui souille tes Autels ; ta sévérité prouvera ta justice , elle purgera la terre d'un Monstre qui l'afflige.

(*Il sort.*)

S C E N E I I.

ARTÉMISE , ARTABAN , MIRZA , MAGAS ;
Suite.

A R T A B A N.

La Renommée annonce qu'Artaxerxès est dans Persépolis ; en êtes-vous instruit, Mirza ?

M I R Z A.

Je l'ai vu entrer dans ce Palais, Seigneur. Memnon est avec lui. Suivi d'une foule de Guerriers, Artaxerxès traversoit fièrement les rues de Persépolis ; il sembloit offensé du silence du peuple : on dit, Seigneur, qu'il prétend se jeter aux pieds d'Arsace.

ARTÉMISE.

Je conduirai moi-même ce téméraire chez le Roi, j'y braverai ses reproches, & j'y ferai valoir les droits de mon fils.

ARTABAN.

C'est la valeur qui doit en décider, Madame. Si mon frère s'oppose au choix d'Arsace, que la Perse & l'Asie soient témoins, & décident qui de nous, mérite de régner.

MIRZA.

Ah Prince ! songez que la prudence s'oppose à ce projet. Ma main réserve à votre rival un sort moins incertain...

ARTABAN.

Ta main ?...

ARTÉMISE.

Votre salut, le mien, celui de l'Empire demande ce sacrifice. Immolons Artaxerxès au repos de l'Etat ; le Ciel vous réserve des ennemis plus dignes de votre bras. — Mais voici ce perfide ; son maintien annonce son audace.

SCENE III.

LES PRÉCÉDENS. ARTAXFRXÈS, MEMNON, GUERRIERS.

ARTAXERXÈS.

DIEUX tutélaires de la demeure sacrée de mes aïeux, & toi, grand Orosmades, Protecteur de la race de Cyrus, avant de recevoir l'illustre Arsace dans ton paisible sein, permets à un fils malheureux, d'embrasser ses genoux. Père trop crédule! Et vous, Madame, dont les regards peignent si bien la haine, pourquoi m'avez-vous banni de ces lieux? — Allons, Memnon, nous prosterner devant ce Monarque redoutable.

ARTÉMISE.

Audacieux, ne crains-tu pas que tes desseins parricides ne hâtent son trépas?

ARTAXERXÈS.

Est-ce à moi, qu'on ose tenir ce langage?

ARTÉMISE.

Perfide! ces Guerriers, cet appareil de guerre, n'annoncent-ils pas tes projets meurtriers? Mais les Dieux, protecteurs de la Perse, t'anéantiront sous tes propres forfaits.

A R T A X E R X È S.

Quoi, l'impitoyable Artémise ose implorer les Dieux contre moi? Avez-vous oublié, Madame, que vous m'avez perdu? que vous m'avez privé de l'amour d'un père, pour faire régner votre fils?

A R T É M I S E.

Nimputes qu'à toi-même l'excès de sa rigueur. Quand la justice d'Arsace punit Memnon de ses crimes, n'as-tu pas bravé les ordres de ton Roi? N'as-tu pas soulevé le peuple, contre lui, en faveur de cet assassin.

M E M N O N.

Pour excuser votre injustice, vous l'accusez d'avoir servi un parricide, & vous ne songez pas que ce crime vous a ouvert la route du Trône. — Rappelez-vous, Madame, que sous prétexte de punir un traître, vous m'avez ordonné d'immoler Tribasus. Entraîné par mon zèle, aveuglé par mon amour pour la Patrie, en servant votre insatiable ambition, je ne croyois obéir qu'à l'honneur. Si mon erreur a terni ma gloire, vous en êtes l'auteur; jugez combien elle vous rend criminelle?

A R T É M I S E.

Tu me parles d'un époux coupable, & tu gardes le silence sur la mort de Cléander.

MEMNON.

L'insolent frère de Mirza fut victime de sa propre imprudence....

ARTÉMISE.

Dis plutôt que tu l'as immolé à ta haine. S'attendoit-il, hélas, que dans les plaisirs innocens d'un festin il trouveroit son tombeau !

MEMNON.

Cléander, enivré par la joie, osa défier mon courage ; je le combattis, il succomba, & mourut victime de la valeur.

ARTAXERXÈS.

Retirons-nous, Seigneur : c'est trop long-temps suspendre mon impatience ; courons offrir nos vœux à mon père.

ARTÉMISE *en retenant Artaxerxès.*

Arrêtez ! — Personne n'approche d'Arsace. (*Aux Gardes*), défendez la porte de son appartement.

ARTAXERXÈS.

Cruelle ! ne m'enlevez pas la douceur d'embrasser un père expirant.

ARTÉMISE.

Un fils rebelle est indigne de cette grace : n'as-tu pas armé ses sujets contre lui ?

A R T A X E R X È S.

J'ai combattu pour défendre son Trône...

A R T É M I S E.

C'est pour l'usurper que tu es dans ces lieux.

A R T A X E R X È S.

C'est pour punir une méprisable adultère....

A R T A B A N *en menaçant son frère.*

Audacieux! ... (*la Reine le retient*). — Ne vous opposez pas à mon juste courroux, Madame : ou partagez le châtiment qu'il mérite....

A T A X E R X È S.

Qui est-tu ?

A R T A B A N.

Le fils du grand Arsace.

A R T A X E R X È S *en montrant Mirza.*

Voilà ton père : si tu te flattes d'appartenir à la famille de Cyrus, que ton courage le prouve : méprise les allarmes d'une femme : dégages - toi de ses bras , & viens lutter contre celui d'un Héros.

A R T A B A N.

J'accepte ton défi; — les Dieux & la victoire nommèrent le successeur d'Arsace, & ma mort où la tienne, sera le garant des oracles du destin.

ARTAXERXÈS.

Je reconnois un frère à ce noble transport. Oui, je vois qu'Artaban est digne de ma colère, et digne du Trône de Cyrus.

ARTABAN.

Que le respect pour un père mourant suspende nos coups; laissons-lui finir en paix sa languissante carrière; mais que sa mort soit le signal du combat: cet effort vous prouve assez, Seigneur, le sang d'où je sors.

ARTAXERXÈS.

Je consens d'étouffer encore mon indignation; mais n'oubliez pas, Seigneur, que le dernier soupir d'Arsace, doit décider du destin de la Perse. Je mourrai votre égal, ou vivrai votre Maître.

(La Reine, Artaban, & leur suite, se retirent d'un côté, tandis qu'Artaxerxès, Memnon & les Guerriers sortent de l'autre).

SCENE IV.

MIRZA, MAGAS.
MIRZA.

CETTE trève, Magas, devient favorable à nos projets. Nos ennemis plongés dans une aveugle sécurité, tomberont sans peine sous nos coups.

M A G A S.

La fête consacrée à l'astre du jour, seconde nos projets. les Persans couronnés de fleurs, suspendent leurs travaux, pour orner les temples de Mithras de guirlandes magnifiques ; les chants, la danse occupent tous leurs instans. L'esclave oubliant ses fers, ne voit alors dans son maître, qu'un ami généreux. Le Monarque, le Guerrier, le Citoyen, s'approchent sans crainte des Autels ; tout présente en ces lieux l'image de la paix....

M I R Z A.

Que ce moment couronne notre entreprise : qu'il bannisse pour jamais la discorde qui trouble la Perse. — Ecoute, ami, dès que la nuit aura jeté son voile sur la nature, Orchanès se rendra par mon ordre, avec une troupe de Soldats d'élite à la porte du temple, voisine de mon Palais. Et demain, lorsqu'après le sacrifice, Memnon & Artaxerxès quitteront les Autels, Orchanès se saisira d'eux, & finira, par ce coup hardi, les allarmes d'Artémise.

M A G A S.

Ne craignez-vous pas, Seigneur, qu'une telle impiété n'irrite & le peuple & le Ciel ?

M I R Z A.

Tu sers les Dieux, Magas, & tu ne sais pas te

les rendre propices ? Organe de leurs Oracles, tu dois en disposer à ton gré. Fais les parler en notre faveur : plus d'une fois leurs décrets ont servi ton ambition.

M A G A S.

Respectez mon ministère, Seigneur....

M I R Z A.

Rusé Pontife ! penses-tu m'en imposer aujour-d'hui par de vaines terreurs ; toi qui as si souvent bravé le Ciel, pour abuser de la crédulité des aveu-gles mortels ? Crois-moi, les Dieux ne s'offenseront pas de mes projets audacieux.

M A G A S.

Je crains peu, il est vrai, la vengeance céleste ; mais je redoute la fureur du peuple.

M I R Z A *à part.*

L'intérêt l'emporte en lui sur la Religion, pro-fitons-en pour l'asservir. — (*Haut*) Je me charge d'excuser cet attentat. Nous dirons qu'Artaxerxès, que Memnon, ligués contre le Roi, avoient formé le noir complot d'incendier le Temple, & d'im-moler Artaban ; qu'instruits de leur dessein, nous en avons prévenu les effets. Un si rare service, augmentera encore votre crédit.

M A G A S.

M A G A S.

Tant de sagesse bannit mes craintes : je me
soumets à vos desirs. Pour vous prouver tout mon
zèle, Seigneur, je vais ordonner à mes Gardes de
seconder les efforts d'Orchanès.

Fin du second Acte.

ACTE III.

Le Théâtre représente le Jardin du Palais de Mirza.

SCENE PREMIERE.

CLÉONE, BÉLIZE.

(1) CLÉONE *assise sur un banc de Gazon.*

IMPITOYABLE amour! pourquoi me présentes-tu sans cesse l'image séduisante d'un cœur satisfait? Ah sans doute! c'est pour mieux m'accabler. Hélas! quand me laisseras-tu jouir de quelque repos?

BÉLIZE.

La solitude nourrit vos chagrins, Madame: croyez-moi, retournez à la Cour; les charmes d'une brillante assemblée effaceront bientôt de votre cœur cette cruelle passion.

CLÉONE.

Ah! que vous connoissez mal son empire tyran-

____

(1) Il y a ici des couplets qu'on omet au Théâtre.

nique. Bélize , les fureurs qu'elle inspire nous sui-
vent en tous lieux. Semblable aux remords du crime,
l'amour se mêle avec nous dans les Temples , dans
les Palais : il fait entendre ses clameurs dans les
fêtes les plus bruyantes, sa voix trouble le silence des forêts : ce Dieu s'identifie avec notre cœur,
avec notre ame , avec notre sang : chaque mouve-
ment de notre poulx , annonce sa force & sa
puissance. — Hélas ! la mort seule peut guérir cette
fatale maladie.

BÉLIZE.

Mon cœur sent tous vos maux ; mais quand je
partage vos chagrins , m'en laisserez-vous toujours
ignorer l'auteur.

CLÉONE.

Eh ! quel autre qu'Artaxerxès peut inspirer tant
d'amour ?

BÉLIZE.

Artaxerxès ? Ah Cléone ! étouffez ce funeste pen-
chant.

CLÉONE.

Je ne puis : j'ai nourri trop long-temps cette fatale erreur. Jeune & sans expérience , j'ignorois
encore jusqu'au nom de l'amour , lorsque ce Dieu
m'asservit à ses loix. Je vis l'aimable Artaxerxès,
& mon cœur put à peine contenir ses transpors. Il
éprouva un sentiment involontaire de peine & de

plaisir ; il palpitoit. Des soupirs mal étouffés m'échappoient malgré moi. Je rougissois, & bientôt une pâleur affreuse venoit couvrir mon front. Mes yeux tantôt fixés, tantôt errants sur ce jeune Héros, voyoient briller en lui tous les charmes des immortels. J'ignorois le sentiment qui m'agitoit ; mais j'aurois voulu qu'il fût mon frère, pour pouvoir me livrer sans contrainte au bonheur de l'aimer.

B É L I Z E.

Vous ignorez, Madame, tous les malheurs que cet amour vous prépare : — Hélas, Cléone! Ce Prince s'unit aujourd'hui à la fille de Memnon.

C L É O N E.

Je n'envie pas son bonheur : condamnée à aimer sans espoir, mon cœur ignore la jalousie. Ah Bélize! si le Ciel m'eût fait naître du même sexe que ce Prince, l'amitié m'eût dédommagée de ses froideurs. Mes soins, mon zèle, auroient mérité sa confiance. — Compagnon de ses travaux, j'aurois bravé à ses côtés, les dangers des combats : j'aurois partagé ses peines & ses plaisirs. Si quelquefois, dans les plaines brûlantes de la Perse, les fatigues de la chasse l'eussent accablé, je l'aurois conduit à l'ombre des forêts : là, nonchalamment couché sur les bords d'une fontaine, je me serois étendu près de lui sur le gazon.... Mais quelle douce erreur m'égare ? Bonheur chimérique, ah ! pourquoi viens-tu me séduire ?

BÉLIZE.

Ah Madame ! bannissez Artaxerxès de votre cœur.

CLÉONE.

Tu verras plutôt la nature plongée dans le cahos…

BÉLIZE.

Voici le fils d'Artémise, ce Prince est digne de vous inspirer ce généreux effort.

CLÉONE.

Les Dieux jaloux de mon chagrin, m'envoient Artaban pour troubler ma retraite.

SCENE II.

ARTABAN, CLÉONE, BÉLIZE.

ARTABAN.

Quand verrai-je Cléone sensible à mon ardeur ! Quoi, Madame, votre cœur n'a-t-il pour moi que des soupirs & des larmes ? Vous le savez, votre tendresse feroit tout mon bonheur.

CLÉONE.

Hélas, Seigneur ! la nature m'a rendue insupportable à moi-même : ce n'est pas chez Cléone qu'il faut chercher le bonheur. Triste & languissante, la solitude des forêts est le seul bien où j'aspire.

A R T A B A N.

Tant de mélancolie nuit à la beauté, Madame : jeune, aimable, & faite pour plaire, l'innocente Cléone peut-elle se plaindre de la rigueur du sort.

C L É O N E.

Jettez les yeux sur ce vaste Univers, & songez aux maux qu'il renferme dans son sein. Les Dieux, dont je respecte la puissance, l'ont créé sans doute dans leur colère : tout ce qui l'habite, est né pour souffrir. Que de sujets pour mes larmes !

A R T A B A N.

Laissons à la vieillesse, à l'expérience, toutes ces tristes réflexions; la nature toujours sage dans ses décrets, a donné à la jeunesse d'autres soins, d'autres soucis : le Dieu d'amour prépare son flambeau, & c'est au feu de vos beaux yeux qu'il prétend l'allumer; mais si vous ne séchez ces pleurs, ils vont éteindre sa flamme.

C L É O N E.

Ah ! ne me vantez pas le tyran de mon sexe, celui qui cause tous ses malheurs. Sa cruauté m'a

inspiré tant d'effroi, que j'ai renoncé pour jamais
à son culte.

ARTABAN.

Les charmes de Cléone s'opposent à ce serment.
L'indifférence vous l'arracha, le plaisir doit le rompre. Ah! si vous connoissiez le bonheur qu'il vous
destine, vous n'hésiteriez plus : la nature ne vous
a point accordé tant de beauté pour l'ensevelir dans
la retraite. La Déesse de Paphos s'offense de votre
délai, elle jure par ses attraits, par la puissance de
son fils, qu'elle a formé Cléone pour son culte : elle
enflamme mes desirs ; elle m'ordonne de vous conduire dans son Temple. (*Il lui baise la main, & cherche
à l'entraîner*)

Venez, ma chère Cléone! Vénus attend sa victime.

CLÉONE *en s'arrachant des mains d'Artaban.*

Arrêtez! ou craignez de me perdre pour toujours.

ARTABAN.

Ah! ne condamnez pas mon impatience, par
ces regards dédaigneux. Cruelle! votre cœur est
sensible aux maux d'autrui, c'est pour moi seul qu'il
est inexorable : est-ce ainsi, est-ce par ce maintien
froid & réservé qu'on répond aux vœux d'un amant,
aux ordres d'un père ?

CLÉONE.

Ah! Seigneur, n'abusez pas de son pouvoir pour faire votre malheur & le mien. — Soyez plus généreux : un Prince doué comme vous de toutes les vertus, ne doit être heureux, que par un juste retour, qu'on accorde à sa flamme ; je ne puis, ni ne dois vous flatter de cet espoir. Choisissez une épouse qui soit digne de vous. Nos plus belles Persannes aspirent au bonheur de vous plaire....

ARTABAN.

Non, non, je préfère Cléone à la Déesse même de Cythère.

CLÉONE.

Diane a reçu ma foi ; je me suis consacré à son culte...

ARTABAN.

Elle n'a pu recevoir vos sermens, l'amour & l'hymen les réclament; venez répondre aux vœux d'un père, sa loi est celle des Dieux mêmes.

CLÉONE.

Le Ciel s'opposera à cet affreux sacrifice.

(*Elle sort conduite par Artaban, & suivie de Bélize*)

SCENE III.

Le Théâtre représente le Parvis du Temple du Soleil.

ARTAXERXÈS, AMESTRIS *sortent du Temple.*

ARTAXERXÈS.

Mon ame enivrée des plus vifs transports, s'é-gare dans un labyrinte de plaisirs. Amestris est à moi, je défie le courroux du sort ! — O la plus belle, la plus aimée de votre sexe ! Pourquoi gardez-vous le silence ? Pourquoi ne partagez-vous pas la joie que m'inspire votre hymen ?

AMESTRIS.

Mon cœur oppressé par la crainte, ignore s'il peut encore s'abandonner au plaisir. — Un pressentiment affreux m'accable & m'épouvante. Ah ! mon cher Artaxerxès ! les Dieux s'offenseroient-ils de notre bonheur ?

ARTAXERXÈS.

Ces allarmes inséparables d'un jeune cœur qui s'engage, sont autant de faveurs de l'amour.

A M E S T R I S.

Non, non Seigneur, les miennes semblent annoncer un malheur certain.

A R T A X E R X È S.

Les Dieux ont parlé à nos cœurs. Ils protégeront des nœuds qui sont leur ouvrage.

A M E S T R I S.

Puisse Artaxerxès, aujourd'hui si tendre, si passionné, conserver long-temps son ardeur ! — Je frémis, quand je songe que le temps, l'habitude, peuvent éteindre sa flamme : ah ! Seigneur, si le sort me réserve ce coup affreux, puisse-t-il me plonger tout-à-coup dans le tombeau.

A R T A X E R X È S.

Que ces douces inquiétudes ont de charmes ! Non, non ma chère Amestris, l'inconstance n'a point d'empire sur un cœur où vous régnez.

SCENE IV.

ARTAXERXÈS, AMESTRIS, MEMNON.

A R T A X E R X È S.

Venez mon père ? — que ce nom a d'attraits ! il ôte aux Dieux même, le pouvoir d'ajouter à mon bonheur.

M E M N O N.

Un guerrier nourri dans les combats, exprime mal le plaisir d'avoir un fils comme vous. — Ah Prince! ce jour heureux acquitte Arsace envers Memnon. Puisse les Dieux prolonger ma vie! Ce bras affoibli par l'âge, reprendra, s'il le faut, sa première vigueur. Il repoussera les ennemis d'Artaxerxès; c'est alors qu'on verra si je sais vaincre & triompher.

A R T A X E R X È S.

N'en doutez pas, Seigneur, le Ciel vous réserve encore des jours marqués par la victoire. Quand je gouvernerai ce vaste Empire, Athènes & Sparte seront forcés d'admirer nos exploits. Ces savantes & belliqueuses Républiques, l'honneur de la Grèce, cesseront de mépriser le Persan voluptueux : elles rendront hommage au Trône de Cyrus. Couverts de gloire & de lauriers, nous reviendrons dans ce Temple, offrir leurs dépouilles au puissant Dieu du jour : Amestris, précédée des grâces & des plaisirs, applaudira à nos efforts, pas un sourire enchanteur : alors sa main libérale déposera à ses pieds, les sceptres des Rois que nous aurons vaincus.

M E M N O N.

Brillant avenir! qui me rappelle à mon printemps.

A M E S T R I S.

Seigneur, voici la Reine, évitons ses regards.

A R T A X E R X È S.

Allons assister dans le Temple, à la fête de Mithras.

(*Ils sortent du côté opposé, à celui par lequel entre la Reine*)

S C E N E V.

ARTÉMISE, MIRZA, SATRAPES, GARDES.

M I R Z A.

Orchanès est averti, tout est prêt, Madame, le destin n'attend plus que vos ordres pour frapper nos victimes. — J'ai caché nos projets à votre fils.

A R T É M I S E.

Cette prudence est nécessaire, Mirza : son respect, pour ce vain phantôme qu'on appelle *honneur*, eût renversé tous nos desseins. Esclave de l'opinion publique, Artaban eût renoncé à l'Empire, plutôt que de l'obtenir par le secours de l'intrigue.

M I R Z A.

L'honneur, il est vrai, relève l'éclat de la naissance, & en impose au peuple : mais quand les années auront mûri sa raison, ce Prince apprendra que la politique, dans un Monarque, est au-dessus de la valeur.

ARTÉMISE.

Mon fils dédaigne l'imposture....

MIRZA.

Que vous importe, Madame, pourvu que vous régniez ! — Au moment où Magas achevera les rites divins, retirez-vous avec votre fils ; à l'instant, Orchanès tombera sur nos ennemis, il s'en saisira, les chargera de fers, & les conduira dans l'intérieur du Temple, où ils attendront l'arrêt de leur trépas.

(*On entend une musique éclatante*)

ARTÉMISE.

Voici le signal de la fête. Ce jour doit m'assurer la puissance suprême.

(*Ils sortent*)

SCENE VI.

Le fond du Théâtre s'ouvre, & représente le sanctuaire du Temple du Soleil. On y voit un Autel richement décoré, autour duquel Magas & une foule de Sacrificateurs sont rangés. Artaxerxès, Memnon & Amestris, avec leur suite, entrent par un côté; Artémise, Artaban, Mirza, Cléone, Bélise, Cléanthes, & les Satrapes, arrivent de l'autre, au son des instrumens qui exécutent une marche majestueuse. Chacun s'incline devant l'Autel, & va se ranger ensuite aux deux côtés de la Scène, pendant que le Chœur chante l'hymne suivante.

ODE AU SOLEIL.

Accompagné à grand Orchestre.

« Salut ô lumière éclatante, la gloire & l'or-
» nement de ce vaste Univers! L'Orient, dont
» vous daignez exaucer les vœux, vous invoque
» aujourd'hui avec un nouveau zèle.

Chœur.

» L'Orient &c.

Un Sacrificateur.

» C'est toi, Mithras, dont les rayons bienfaisans
» animent la nature, & la parent des plus brillantes
» couleurs ; sans toi, une nuit affreuse nous dé-
» roberoit tous ses charmes, & la replongeroit dans
» les ténèbres du cahos.

Chœur.

» Le sombre voile de la nuit veut en vain effacer
» sa beauté ; Mithras, d'un seul de ses regards,
» dissipe les noires vapeurs de cette Déesse malfai-
» sante. La nature languissante reprend sa vigueur,
» & brille d'un nouvel éclat.

Autre Sacrificateur.

» Salut, ô source d'un feu sacré sans origine
» & sans fin. Ta chaleur féconde est l'ame de la
» nature, tes étincelles vivifient nos sens, ton éclat
» éblouit nos yeux, ta puissance confond notre
» entendement.

Chœur.

» Tes étincelles, &c.

Sacrificateurs.

» Auteur de la race de Cyrus, protége le Trône de
» la Perse ; jette un regard propice sur ses enfans.
» Laisse tomber sur Arsace un rayon bienfaisant.
» Conserve ce Monarque si cher à notre cœur ;

» entretiens l'étincelle qui l'anime , qu'il règne
» sur ton peuple & le sien.

C H Œ U R.

» Conserve ce Monarque, &c. »

(*Après le sacrifice , on se retire dans le même ordre observé en entrant. Mirza reste & regarde attentivement Amestris, qui sort avec Memnon & Artaxerxès*)

S C E N E   V I I.

M I R Z A *seul.*

(*Il s'avance sur la scène , pendant que le fond du Théâtre se ferme*)

M I R Z A.

QUEL sentiment secret pénètre dans mon ame !...
Quelle ardeur soudaine la dévore! Quoi, dans le
moment consacré à la vengeance, l'amour sauroit
m'attendrir !... Fatale beauté! tes charmes suspendent mes coups, ils arrêtent mon bras, ils désarment ma fureur, je ne vois, je ne contemple que
la belle Amestris; je l'aime, je l'adore, je veux
la posséder aux dépens de ma vie.... Insensé!
rougis de ta foiblesse, songe au mépris où tu
t'exposes,

t'exposes, si l'on dédaigne tes hommages.... Non, non, que l'amour fasse place à la haine : hâtons-nous de frapper la victime.... Cruel ! Que vas-tu faire ? C'est le père d'Amestris que tu vas immoler... (*On entend un grand bruit*). — Justes Dieux ! le crime est consommé. Puisse-t-il du moins m'être favorable. — mais Que vois-je ?...

S C E N E   V I I I.

MIRZA, MAGAS *accourant d'un air effrayé.*

M A G A S.

JE succombe à l'effroi ; les dieux, indignés qu'on prophane leurs Autels, menacent de nous écraser sous les ruines du Temple.

M I R Z A.

Tu prétends aux grandeurs, & tu cèdes aux remords ? Laisse au vulgaire ces craintes puériles, & dis-moi si nos ennemis sont dans les fers ?

M A G A S.

Amestris, Memnon & Artaxerxès, sont au pou-voir d'Orchanès ; les autres ont fui avec Tigrane....

D

M I R Z A.

Cette fuite doit t'allarmer plus que la colère des Dieux.

M A G A S.

Orchanès va les conduire en ces lieux. Ah Mirza ! évitons leurs regards...

M I R Z A.

Non, non, je veux jouir de leur douleur. Retire-toi, cache des craintes qui t'aviliroient aux yeux du peuple.

(Magas sort)

S C E N E   I X.

MIRZA, ARTAXERXÈS, MEMNON, AMESTRIS *enchaînés, Gardes.*

A R T A X E R X È S *à Orchanès.*

PERFIDE ! Par quel ordre as-tu chargé de fers le fils de ton Maître ?

O R C H A N È S.

Par l'ordre de la Reine.

M E M N O N *en montrant Mirza.*

Voilà le complice de son crime. — Traître : ne te flatte pas d'avoir soumis Memnon à tes loix.

M I R Z A.

Tu aurois déjà péri par mes mains, si des mo-
tifs plus puissans que la haine, n'avoit suspendu ma
vengeance. (*En regardant Amestris*) Tremble : ton
sort dépend d'un seul regard.

M E M N O N.

S'il faut que je te doive la vie, je préfère la mort.

A R T A X E R X È S.

Dieux ! à quel excès d'infamie me réduisez-vous !
je ne puis souffrir plus long-temps une telle insolence. — Audacieux ! tes regards m'offensent.....
(*Aux Gardes*) Ne vous opposez pas à ma fureur. —
(*Il se débarrasse des Gardes qui le retiennent, s'é-
lance entre Mirza & Amestris, & se saisit de la main
de celle-ci*) ... Ah ma chere Amestris ! caches ces larmes dans le sein de ton époux : épargnes-lui la douleur de ne pouvoir te venger.

M I R Z A *à part.*

Ses pleurs l'embellissent....

A M E S T R I S.

Si les Dieux nous refusent un plus heureux destin, qu'ils nous accordent du moins la consolation
de mourir ensemble !

M I R Z A *à part.*

Sa douleur embrâse encore mon ame de nouveaux feux. (*Haut*) Un mot, Orchanès ? (*Il lui parle bas*)

MEMNON.

Hélas mes enfans ! vous partagez la haine qui l'anime contre moi... Mais le Ciel...

(*Les Gardes s'emparent d'Artaxerxès & d'Amestris*)

AMESTRIS.

Ah mon père !.... secourez-nous....

ARTAXERXÈS *avec fureur.*

Barbares ! qu'osez-vous faire ?

ORCHANÈS *aux Soldats.*

Conduisez la Princesse dans le Palais de Mirza, la Reine vous l'ordonne...

ARTAXERXÈS.

Cruels ! il n'appartient qu'aux Dieux de nous séparer...

MEMNON.

Impuissante vieillesse ! Quoi ! je ne puis briser ces chaînes ?...

ORCHANÈS *aux Gardes.*

Obéissez.

(*On entraîne Amestris d'un côté, tandis qu'on emmène Artaxerxès & Memnon de l'autre*)

A M E S T R I S.

Arrêtez! — Ah Ciel! prenez pitié de ma douleur....

(*Les Gardes l'entraînent*)

A R T A X E R X È S.

Dieux éternels! écrâsez les coupables auteurs de
notre infortune.

M I R Z A.

Tu triomphes, Mirza! l'ambition & l'amour te
sont propices. Profitons de leurs faveurs, & tandis que la politique assure ma puissance, que le
plaisir vienne à son tour couronner tous mes feux.

Fin du troisième Acte.

ACTE IV.

Le Théâtre représente une Salle dans le Palais du Roi.

SCENE PREMIÈRE.

ARTABAN, CLÉANTHES.

ARTABAN.

QUEL comble d'iniquité! Quoi, l'on prophane sans remords la demeure des Dieux?

CLÉANTHÈS.

Le peuple allarmé, menace de venger leurs Autels; glacé d'horreur & d'épouvante, il redoute le courroux de Mithras, & déjà il craint que ce Dieu irrité, ne replonge la nature dans les ténèbres du cahos.

ARTABAN.

Quel exemple, Cléanthès! Est-ce ainsi qu'on oppose la sagesse à la licence? Est-ce ainsi qu'on fait respecter les Loix? Je ne veux pas qu'on m'accuse d'un pareil sacrilége; renonçons à l'Empire, plutôt que d'en jouir par le crime.

C L É A N T H È S.

La Reine ne consentira jamais à ce généreux
dessein.

A R T A B A N.

Si les Dieux m'accordent le Trône, c'est pour
régner, & non pour obéir ; je saurai forcer ma
mère à seconder ma justice...

C L É A N T H È S.

La voici, Seigneur....

SCENE II.

Les Précédens, ARTÉMISE, MIRZA.

A R T É M I S E.

Tout succède à nos vœux ; Arsace n'est plus, &
la Perse reconnoît mon fils pour son maître.

A R T A B A N.

Arsace a régné avec gloire, & ce grand exemple
doit servir de guide à son successeur : avant de
m'asseoir sur le Trône de Cyrus, je veux le mériter,
Madame. C'est aux Dieux, & non à ma mère,
qu'il appartient de m'y faire monter.

A R T É M I S E *à part.*

Quel discours. — (*Haut*) Et que prétendez-vous
faire, Seigneur ?

ARTABAN.

Opposer mon courage à celui de mon frère.

ARTÉMISE.

Ce frère est votre captif : si la haine conserve encore sa coupable tête, c'est pour le rendre témoin de votre puissance.

ARTABAN.

Je ne puis consentir à régner à ce prix, Madame ; c'est à l'honneur, & non à la perfidie, que je veux devoir ce Trône que vous m'offrez.

ARTÉMISE

Qu'entends-je ? Est-ce un rêve ?.... Mais non : ce n'est pas mon fils qui me tient ce langage ; mon fils ne sacrifieroit point au vain phantôme de la vertu, la gloire qui l'attend !...

ARTABAN.

La vertu seule doit en assurer l'éclat....

ARTÉMISE.

Insensé ! toi, qui fut nourri dans l'art de gouverner, tu dédaignes aujourd'hui la puissance suprême, tu la sacrifies à une vaine illusion, tu préfères la chimère à la réalité. — Est-ce là répondre à ma tendresse ? Est-ce pour un tel excès de démence, que j'immole ton rival ? — Mais puisque vous voulez remettre vos droits au hasard des combats. (*Aux Gardes*) — Gardes, qu'on brise les fers d'Artaxerxès... (*aux Gardes prêts à sortir*) Restez. — (*à Artaban*). Ah mon fils! songe aux malheurs où tu m'exposes; songe au sort qui nous attend.

A R T A B A N.

Je prévois sans doute les maux inséparables de cette guerre; mais mon courage les brave tous....

A R T É M I S E.

Cruel! puisqu'enfin vous voulez m'accabler, allez, fléchissez devant ce frère redoutable... (*ironiquement*) pour prixdu Trône que vous lui cédez..... Sa générosité vous accordera peut-être une paisible retraite dans ses Etats... (*avec transport*) — Ah Prince, n'exposez pas vos droits aux dangers de la guerre; la fortune vous sourit, profitez de ses faveurs.

A R T A B A N.

Ma vertu saura enchaîner la fortune, Madame, elle la forcera de me respecter. La postérité n'aura point à rougir de mon nom, elle ne verra point dans les Annales de la Perse, qu'Artaban a profité des artifices d'un Pontife pour vaincre son rival, par la plus noire trahison; ce n'est pas ainsi qu'on dispute un Empire : loin d'approuver de tels forfaits, je jure ici par les Dieux, de punir le traître qui déshonore la race de Cyrus.

ARTÉMISE.

J'admire ce grand respect pour la justice. Sans doute, mon fils, pour signaler son règne, immolera ceux qui l'ont placé sur le Trône?... & peut-être moi-même?....

ARTABAN.

Oubliez-vous, Madame, que la nature m'aveugle sur vos défauts... Il n'en est pas ainsi de ceux qui vous conseillent... les Traîtres...

ARTÉMISE.

N'ont pas besoin de votre appui, pour jouir de leur pouvoir. — Crois-tu, qu'en obtenant pour toi le sceptre de l'Asie, j'aie oublié d'assurer leur puissance & la mienne? Penses-tu qu'Artémise ait exposé son sort aux caprices d'un téméraire? Non, non : tu régneras; mais ce sera pour m'obéir.

ARTABAN.

C'en est trop, Madame : il est temps que je fasse valoir mes droits. — Je jure devant l'Astre qui m'éclaire, que je ne connois plus d'autre Maître que les Dieux....

ARTÉMISE.

Audacieux! oublies-tu qui je suis?

ARTABAN.

Ma mère, & ma première sujete...

ARTÉMISE *mettant la main sur son poignard.*

Ingrat : — si la nature ne plaidoit encore en ta faveur, la mort....

ARTABAN.

Frappez ; mais ne me forcez pas à me désho-norer.

MIRZA.

Ah Seigneur ! fuyez la colère de la Reine...

ARTABAN.

Je vous quitte, Madame, mais c'est pour briser les fers de mon frère. Quand la raison aura suc-cédé à la fureur, vous connoîtrez alors que vos artifices n'ont servi qu'à retarder la victoire que j'attends de mon courage.

Il sort.

SCENE III.

ARTÉMISE, MIRZA.

ARTÉMISE.

QUEL orgueil ! Avec quelle tranquille insolence il brave mon pouvoir ? Qui, moi, que je fléchisse sous les loix d'un fils ? Moi, qui n'ai pas craint de rompre les chaînes de l'hymen, pour me soustraire à l'autorité d'un maître? Avant que je m'avilisse à ce point, que la Perse, que l'Univers entier périsse avec moi.

M I R Z A.

Modérez-vous, Madame : trop de ressentiment décéleroit nos projets. Songez qu'Artaban en est instruit : ce Prince, par une générosité funeste, peut nous enlever nos victimes.....

A R T É M I S E.

Comment prévenir ce malheur?

M I R Z A.

Profitons du dernier appui que nous accorde la fortune. — Faites arrêter le Prince, qu'une Garde assurée le retienne prisonnier dans son appartement : que l'aurore demain serve de signal au trépas d'Artaxerxès ; bientôt délivré d'un rival odieux, Artaban se calmera, & reconnoîtra le prix de ce service.

A R T É M I S E.

L'implacable Artaban n'oubliera jamais cet affront.

M I R Z A.

Le motif qui vous anime, vous servira d'excuse.

A R T É M I S E.

Réfléchissons auparavant aux périls qui nous menacent.

M I R Z A.

Le temps est précieux, Madame : pensez que chaque minute devient un siècle de dangers.

A R T É M I S E *après un moment de réflexion.*

Hé bien, Mirza.... je m'abandonne à votre prudence : allons donner nos ordres à l'Eunuque Bagoas, qu'il s'assure de mon fils.

(Ils sortent)

S C E N E   I V.

Le Théâtre représente une galerie obsscure dans le Palais de Mirza.

CLÈONE *vétue en homme, une lenterne sourde à la main.*

C L É O N E, B É L I S E.

C L É O N E.

DIEUX clémens & sensibles aux peines des mortels, jetez un regard favorable sur l'infortunée Amestris. — As-tu entendu en passant près de cette porte les gémissemens de cette malheureuse captive ? Ah Bélise ! ses plaintes ont déchiré mon cœur.

B É L I S E.

Les chagrins qui vous accablent, m'empêchent de sentir aussi vivement ses malheurs. — Ah Madame ! à quels périls vous exposez-vous ? Redoutez la fureur d'un père, la colère de la Reine, la brutalité des Soldats qui gardent la porte du Temple : tremblez aux dangers qui vous environnent dans le silence de la nuit.

C L É O N E.

Je vais arracher Artaxerxès à ses meurtriers, & cet espoir enflamme mon courage ; cette clef m'assure l'entrée du Temple ; c'est celle de la porte qui a servi le matin aux perfides émissaires de mon père ; & c'est l'unique issue qu'on a négligé de garder : ah sans doute, le Ciel me la réserve pour sauver mon amant ! à la faveur du voile bienfaisant de la nuit, je conduirai ce Prince dans les rues de Persépolis. Confondu dans la foule des Citoyens qui assiégent ce Palais, il s'éloignera de ces murs détestables, il jouira de la liberté, sans que mon père ni la Reine soupçonnent mon amour de la lui avoir rendue.

B É L I S E.

Malgré la sagesse de votre entreprise, je ne puis surmonter ma frayeur.

C L É O N E.

Le Ciel m'annonce le succès. Vas m'attendre dans mon appartement, & laisse-moi le soin d'achever cette démarche.

(*Bélise sort*)

SCENE V.

CLÉONE *seule.*

COURAGE mon cœur !.... Ah ciel ! quel est ce bruit ?.... c'est quelque chimère de mon imagination troublée par l'obscurité de ce Palais...... O nature, tu réclames tes droits ! Malgré l'ardeur qui m'anime, tu ne m'as pas dépouillée de la foiblesse de mon sexe.... Mais, où vais je ?.... Silence, mon ame, tu vas revoir l'objet de ta tendresse... Si les Dieux s'opposent à mon dessein, que deviendrai je ?... (*Elle prend son poignard*). Ce fer ne décide-t-il pas de mon destin ?.... Pourquoi ma main tremble-t-elle ?.... Ah ! malheureuse Cléone, si tu sauve Artaxerxès, est-ce pour t'aimer qu'il vivra ? ce poignard ne doit - il pas finir tous tes maux ! — C'en est fait, courons où l'amour & la mort m'appellent.

(*Elle sort*)

SCENE VI.

Le Théâtre représente l'intérieur du Temple du Soleil.

ARTAXERXÉS, MEMNON.

ARTAXERXÈS.

Mon ame suffit à peine à la fureur qui l'agite. — Dieux cruels! Est-ce à ce comble d'infamie, que vous réservez l'éclat de ma naissance? Vous m'avez fait naître pour le Trône, & vous me faites périr dans les fers.

MEMNON.

Plus les Dieux nous élevent, & plus notre chûte est digne de leur pouvoir. — Ah mon fils! le bonheur s'accroît par degré, le malheur nous accable tout-à-coup. — Dans l'aurore de ma vie, divers succès ont enflé mon orgueil. Mes armes triomphantes justifioient mes espérances; parvenu au faîte de la gloire, je bravois l'adversité, je défiois l'inconstante fortune, j'osois me croire au-dessus même des revers: les Dieux contens de mon erreur, ont renversé d'un seul regard, l'édifice de ma puis-

sance;

sance, ils m'ont plongé dans l'abîme où tu me vois. —

A R T A X E R X È S.

O tourment d'un cœur magnanime ! Quoi, il faudra donc succomber sous la plus affreuse trahison ! ou peut-être... Mais les Dieux peuvent-ils croire que je languisse sous le joug d'un frère orgueilleux ? Ah rompons plutôt les barrières éternelles, ouvrons à mon ame la route des Cieux. —Mais, mon épouse, ma tendre Amestris....

M E M N O N.

Ecartez ce triste souvenir....

A R T A X E R X È S.

Son image gravée dans mon cœur, se présente à moi sous l'aspect du désespoir. J'entends ses plaintes, je vois couler ses larmes, — en vain, elle cherche un appui, personne n'est touché de sa douleur. — Ah mon père ! Le jour de notre hymen, est un jour bien funeste pour elle !

M E M N O N.

Puisse-t-elle éviter encore d'autres malheurs ! Mirza....

A R T A X E R X È S.

Comment ? que voulez-vous dire ?

E

MEMNON.

Peut-être, la prévoyance d'un père tendre redoute un crime imaginaire....

ARTAXERXÈS.

Ah Seigneur, n'achevez pas, de peur que je ne soupçonne les Dieux d'être complice de cet affreux complot : s'ils me réservent ce comble de rigueur, qu'ils m'écrasent plutôt sous leurs détestables Autels!....

MEMNON.

Prenez garde, Artaxerxès ; ne bravez pas leur justice, la patience désarmera peut-être leur colère.

SCENE VII.

CLÉONE, ARTAXERXÈS, MEMNON,
CLÉONE *à voix basse.*

DES sons plaintifs ont frappé mon oreille : sans doute, c'est Artaxerxès....

ARTAXERXÈS.

Les ténèbres de cet affreux séjour accroissent mes ennuis.... *(Il soupire)*

C L É O N E.

Quelle demeure pour un Monarque de la Perse !
montrons-nous comme un Dieu favorable.

(*En s'avançant vers Artaxerxès, elle tourne sur
lui la lumière de la lanterne*)

M E M N O N.

D'où part ce rayon de lumière ?

A R T A X E R X È S.

Une main propice vient sans doute terminer notre
triste sort.

C L É O N E.

Parlez bas, je suis votre ami.

(*Elle tourne la lumière sur elle-même*)

A R T A X E R X È S *à Memnon.*

Que vois-je ! c'est un esprit céleste ; ses traits,
son maintien, annoncent la candeur. — (*à Cléone*)
— Qui que tu sois, apprens nous le motif qui te conduit en ces lieux.

C L É O N E.

L'humanité.

A R T A X E R X È S.

Ah ! dis-nous, quel est celui à qui nous devons ce
tendre sentiment ?

C L É O N E.

Mon nom importe peu à votre sûreté. Contentez-vous, Seigneur d'apprendre que, depuis ma naissance, ce moment est pour moi le seul marqué par le bonheur. — Je viens pour vous sauver.

ARTAXERXÈS.

Tant de générosité accroît mon impatience. Ah ne me cachez pas votre nom !

CLÉONE.

Je ne puis vous en apprendre davantage. — Suivez-moi, Seigneur...

ARTAXERXÈS.

La garde ne s'opposera-t elle pas à notre fuite ?

CLÉONE.

Je vous conduirai par le Palais de Mirza....

MEMNON.

Arrêtez? ce nom vous annonce l'imposture...

CLÉONE *à part.*

Comment le rassurer sans me trahir?

ARTAXERXÈS *bas à Memnon.*

Cette forme angélique, parle en faveur de son innocence ; (*à Cléone*) si vous disposez de ce Palais, vous appartenez à Mirza...

CLÉONE *à part.*

Ah ciel, que lui dirai-je !

A R T A X E R X È S.

Un serviteur de ce traître, ne peut être l'ami
d'Artaxerxès.

C L É O N E.

Je vous jure, Seigneur, que je ne partage pas
sa haine .. (*à part*) Dieux puissans ! écartez ses
soupçons.

M E M N O N *bas à Artaxerxès.*

Il hésite ; son embarras décèle sa trahison, (*à
Cléone*) — jeune audacieux, vas dire à ton maître,
que nous méprisons ses artifices : dis-lui, qu'Artaxerxès & Memnon aiment mieux expirer aux pieds
de ces Autels.

C L É O N E.

Croyez-moi, Memnon, mon cœur est incapa-
ble d'abuser de votre malheur : je suis..... (*à part*)
Ah, mon cœur ! comment t'épargnerai-je la honte
d'un tel aveu ? (*haut*) — Je suis, Seigneur .... l'esclave de Cléone. Son ame compâtissante gémit de
votre sort. Ah Prince, ne repoussez pas la main
propice qui vient briser vos chaînes. (*Elle pleure*)

A R T A X E R X È S *à Memnon.*

Acceptons son secours, ses larmes sont le garant
de sa sincérité.

M E M N O N.

Méfiez-vous de ce piége.

E iij

ARTAXERXÈS.

Je ne puis croire, jeune homme, que la fille de Mirza s'occupe de notre sort...

MEMNON.

La vérité, comme un trait de lumière, vient d'éclairer ma raison. N'en doutons pas, Seigneur, Cléone se rappelle qu'Artaxerxès a méprisé ses charmes, & c'eſt en ce moment qu'elle veut l'en punir.

CLÉONE *à part.*

Ma mort seule pourra le convaincre, & l'arracher au trépas. — (*haut*) hélas, Seigneur ! si vous connoissiez la malheureuse Cléone, vous rougiriez de ce soupçon. J'atteste le Dieu qu'on adore en ce temple, que j'accours par ses ordres, pour vous servir : (*à Memnon*) la belle Amestris, votre fille, (*à Artaxerxès*) votre épouse....

ARTAXERXÈS.

Ah, n'en dites-pas davantage....

CLÉONE.

Ne peut avoir plus d'ardeur à vous sauver....

ARTAXERXÈS.

C'est l'hymen d'Amestris qui arme le bras de Cléone....

C L É O N E.

Elle rend justice aux charmes de sa rivale, &
admire en silence vos vertus. — Ah Prince, fuyez
une reine barbare, l'aurore de ce jour doit être
le signal de votre trépas. Cléone, au mépris du
courroux de son père, a franchi les plus grands dangers, pour vous en avertir. Prenez cette clef, elle
vous ouvrira la porte qui communique au Palais
de Mirza : si l'on s'oppose à votre passage, dé-
livrez-vous ainsi de vos ennemis.

*(Elle se donne un coup de poignard, & tombe
sur Artaxerxès, qui la reçoit dans ses bras)*

A R T A X E R X È S.

Téméraire, que faites-vous ?

C L É O N E.

Je sauve ta vie aux dépens de la mienne, fuis,
& souviens-toi de l'infortunée Cléone.

A R T A X E R X È S.

Juste Ciel ! c'est Cléone, elle-même.

C L É O N E *d'une voix mourante.*

Je n'ai pu vivre ton épouse.... Je meurs ton
amie....

ARTAXERXÈS.

Quel excès de bonté! Il désarme ma haine contre votre père.

CLÉONE *d'une voix presqu'éteinte.*

Mon amour, tes doutes, tes injustes soupçons, m'ont ouvert la porte du trépas.

MEMNON.

Son sort m'attendrit.

ARTAXERXÈS.

Ah! trop malheureuse Cléone! vivez pour Artaxerxès.

CLÉONE.

Hélas!... les Dieux me refusent ce bonheur... mais ma mort est plus heureuse.... qu'aucun jour... de ma triste carrière,..... Soyez toujours... le plus grand des mortels!.... Adieu:... ma passion n'a pu finir... qu'avec ma vie.

(*Elle meurt*)

ARTAXERXÈS.

Quoi! elle m'est ravie pour toujours!

MEMNON.

Une si tendre victime nous promet d'heureux succès.

ARTAXERXÈS *en embrassant le corps de Cléone.*

Objet aimable & vertueux ! Oui, tu seras sans cesse précieux à mon cœur. J'élèverai un monument à ta mémoire ; j'y célébrerai ta générosité : couronné de myrthes & de cyprès, j'irai offrir des sacrifices sur ta tombe : Amestris ornera ton urne, de roses & de lys : mes larmes laveront la victime, mes regrets l'immoleront. — Allons, mon père ? Un nouvel espoir ranime mon ame : arrachons mon épouse à ses lâches ravisseurs.

Fin du quatrième Acte.

ACTE V.

Le Palais de Mirza.

SCENE PREMIERE.

MIRZA, MAGAS, *précédés de Gardes qui portent des flambeaux.*

Mirza.

Vos craintes exagèrent le danger....

Magas.

Et votre sécurité nous sera funeste. Méprisez-vous ce bruit formidable ? C'est celui d'une populace tumultueuse, c'est le signal de la sédition. Des vieillards courbés sous le poids de l'âge, témoins d'un siècle de calamités, n'ont jamais vu d'évènement plus terrible. La discorde plane sur Persépolis, & son haleine empoisonnée, fait éclore des vipères dans le sein des Persans. Le peuple attentif à sa voix, accourt les armes à la main, & menace d'assiéger nos Palais. Un bruit sourd annonce sa fureur, bientôt elle se manifeste par des éclats. Aux armes ! aux armes ! s'écrie-t-on : vengeons nos Dieux, redoutons leur colère, punissons les traîtres qui osent les mépriser.

M I R Z A.

La joie du peuple, ainsi que sa haine, éclatent en un vain bruit. Croyez-moi, Seigneur, cette troupe d'esclaves timides, n'allarmera jamais l'intrépide Mirza.

M A G A S.

Tout concourt à justifier nos craintes. Tigrane, excite l'audace des mutins ; il les presse de pénétrer jusques dans le Temple, & d'en arracher le Prince & Memnon.

M I R Z A.

Ils n'y parviendront pas. Nos Gardes auront bientôt dispersé cette foule insensée. Mais, vous, Magas, vous dont le saint caractère inspire le respect, revêtez-vous de vos habits sacerdotaux ; rassemblez les Ministres des Autels, qu'ils exposent aux regards des Persans, les images brillantes de nos Dieux. Portez dans les rues de cette Capitale, le feu divin, symbole de l'immortalité. Il faut abuser les yeux du peuple par des spectacles pompeux ; il veut qu'on occupe ses loisirs, & c'est ainsi qu'on le distrait de soins plus importans. Le faste & l'éclat appaiseront sa fureur ; les plus mutins verront alors que Mithras n'a point un maintien menaçant. — Allez : ma Garde vous accompagnera.

M A G A S.

Mais, vous-même, Seigneur; pourquoi ne pas vous montrer ? Le peuple respecte votre sagesse : la présence de Mirza calmera bientôt sa frayeur.

M I R Z A.

Dans une fête où Magas occupe le premier rang, une telle démarche seroit inutile, Seigneur. — Ah mon ami ! Cette nuit, cette nuit est consacrée à d'autres soins.... Elle doit cacher dans son ombre des plaisirs, dont l'attente transporte mon ame..... Oui, tout va céder à mes projets. Le Trône, la possession de l'Asie entière, sont de foibles avantages, auprès du bonheur qui m'attend. — Mais ce secret est encore caché dans mon sein. Demain, quand l'astre du jour aura lancé ses rayons sur ce vaste Palais, Magas apprendra tous les détails de ce mystère. (*à part*) Cachons lui ma foiblesse, de peur d'exciter ses mépris.

M A G A S *à part.*

C'est la mort des captifs qu'il projette. Sa cruauté fera sa perte & mon salut. — (*haut*) Quand vous me croirez digne d'un tel excès de confiance, l'amitié, Seigneur, partagera vos peines, ainsi que vos plaisirs.

M I R Z A.

Courez, ami, allez remplir les fonctions de votre ministère.

M A G A S.

Je vais m'occuper du moyen que votre prévoyance m'a si bien indiqué.

M I R Z A.

Adieu : puisse votre zèle, étouffer le feu de la révolte.

(Ils sortent chacun du côté opposé)

S C E N E I I.
A M E S T R I S *seule.*

Dieux éternels, dont la sagesse gouverne ce vaste Univers! Prenez pitié de mes malheurs. Si votre justice opprime quelquefois les foibles mortels, c'est pour éprouver leur fragile vertu. — Hélas! n'avez-vous pas épuisez sur moi toute votre rigueur? Vous reste-t-il encore d'autres traits pour m'accabler?.... O mon père!... ô mon époux! noms consolans, qui renfermez tout mon bonheur, quel est maintenant votre sort?...Ah sans doute!

la haine cruelle de vos persécuteurs a terminé vos malheureux jours.

(Elle pleure)

SCENE III.

AMESTRIS, MIRZA.

MIRZA.

Ah! Madame, quand la fière Junon fixa l'inconstance du maître des Dieux, elle avoit vos graces, vos charmes... sans la douleur qui vous accable, je me croirois en ce moment sur le Mont Ida, aux pieds de cette puissante immortelle.

(Il met un genoux à terre)

AMESTRIS.

Cruel! rends-moi mon père & mon époux. Ou si ton cœur, aussi avide que le tombeau, refuse ce bienfait à mes larmes, hâte-toi d'unir mon destin à celui d'Artaxerxès.

MIRZA.

Par pitié pour tant de charmes, oubliez l'auteur de vos maux. Les plaisirs vont vous couronner de nouveau, l'amour & la joie voleront au devant de vos pas.

A M E S T R I S.

Barbare ! Oses-tu parler de plaisir, toi, qui me fais souffrir les maux les plus affreux ? Connois-tu quelque Dieu, dont la puissance anéantisse les loix du destin ? Si tu le connois, implore-le avec moi : dis-lui qu'il me rende ceux que tu m'as ravis.

M I R Z A *d'un ton absolu.*

Séchez ces larmes, & tous vos vœux seront remplis.

A M E S T R I S.

Ah Seigneur ! votre cœur inexorable pourroit-il être enfin sensible à la pitié ?

M I R Z A.

Ayez toujours ce regard séduisant, & mes bienfaits surpasseront votre attente. Ni l'éclat imaginaire des Dieux, ni la pompe fastueuse d'Artémise, n'égaleront la splendeur que ma puissance vous destine.

A M E S T R I S.

Quel est ce langage mystérieux, & que prétend-il dire ?

M I R Z A.

Flattez mes vœux de quelqu'espoir de retour, & vous serez l'arbitre de mon sort...

A M E S T R I S.

Qu'entends-je ?

M I R Z A.

Puissent les feux qui me consument embrâser votre ame !....

A M E S T R I S.

Monstre abominable ! ne crains-tu pas la vengeance céleste ?.. retires-toi, ta présence me glace d'horreur.

M I R Z A *en lui prenant la main.*

Soyez moins farouche, Madame, & je tarirai la source de vos larmes.

A M E S T R I S.

Infâme scélérat ! ta cruauté me déchire le cœur. Non content d'insulter à mes douleurs, tu oses, tout couvert encore du sang de mon père, de mon époux, m'offrir tes détestables hommages ! Fuis : l'impuissance où je suis de te punir, me prive de mes sens. L'horreur, le désespoir m'inspirent une fureur égale à celle de Thisiphone : semblable à cette furie, je te poursuivrai sans cesse, je déchirerai ton oreille par les cris de la vengeance : oui, j'appellerai à mon aide toutes les puissances des enfers ; accourez démons malfaisans, punissez le meurtre

de

de Memnon ! punissez la mort d'Artaxerxès ! voilà
le fléau de la Perse , voilà le bourreau de toute ma
famille.

M I R Z A à part.

Il est temps d'employer la force pour la domp-
ter. (*haut*) Craignez d'exciter ma colère. Insensée !
songez que cette main, si formidable à mes ennemis , peut châtier votre audace. — Vos charmes
plaident encore en votre faveur ; mais si vous vous
obstinez à me braver ainsi, tremblez : la rigueur
étouffera bientôt la clémence.

A M E S T R I S.

Assouvis ta rage dans mon sang , voilà la seule
faveur que j'attends de toi. — Qui t'arrêtes ? Pourquoi ne finis-tu pas mon supplice ?

M I R Z A.

Ton sort n'est pas accompli. (*il se saisit du bras
d'Amestris*) — Et tu dois auparavant souscrire à
mes desirs....

A M E S T R I S.

Dieux protecteur de l'innocence ! délivrez-moi
des mains d'un barbare....

M I R Z A en tâchant de l'entraîner.

Suis-moi ?.... tu vois.... que tes Dieux... sont
sourds à tes cris....

F

Amestris *tache de se débarrasser de Mirza.*

N'est-il donc plus de justice dans le Ciel ! (*en se jetant à ses pieds*) Ah Seigneur ! soyez moins cruel que les Dieux, que mes larmes, que mon désespoir désarment votre rigueur.

Mirza.

Quelle douce éloquence ! & combien elle ajoute encore à vos charmes !

Amestris.

Hélas ! comment pourrai-je vous attendrir. —Ah Mirza, soyez sensible à ma douleur : épargnez-moi le plus affreux des supplices ; de toute la fortune de Memnon, il ne me reste que sa vertu, souffrez que je l'emporte au tombeau.

Mirza.

Non , non : tu cherches vainement à éviter ton sort, tu es, & tu seras la récompense de toutes mes peines ; c'est dans ces bras que j'oublierai les soins inséparables de ma grandeur.

Amestris *cherchant à fuir.*

Perfide ! tu me fais horreur...

Mirza *se saisit d'elle.*

Arrête : toutes les puissances du Ciel & de l'enfer ne sauroient t'arracher de ce Palais...

A M E S T R I S *le repousse & s'éloigne.*

Junon, Diane : protectrices de l'hymen & de la vertu, c'est à vous de me soustraire à ses coupables desseins...

M I R Z A *la prenant par le bras.*

Cesse de me résister, je veux être obéi...

A M E S T R I S *en s'opposant à Mirza ; se saisit de son poignard, & l'en frappe.*

Traître !... Barbare !... reçois de ma main... le châtiment que tu mérites...

M I R Z A *en tombant.*

Tu m'as donné le coup mortel ! .. puissent les furies se charger de ton supplice !

A M E S T R I S.

C'est ainsi que le Ciel se venge des monstres, qui déshonorent l'humanité.

M I R Z A.

L'ardeur qui me dévoroit,... se calme avec la perte de mon sang.... Le torrent impétueux des passions, fait place à la froide raison.... Quelle honte ! Ah Mirza !.... qu'est devenu ta sagesse ?... Est-ce pour périr par les coups d'une femme, que tu t'es signalé dans l'art de feindre ? — Quelle tache ineffaçable pour ma mémoire !

F ij

A M E S T R I S.

A la vue de ce sang, mon courage m'abandonne...
Mon ame, saisie d'horreur, croit àpeine à l'excès de
sa témérité. Ah Ciel! comment me dérober à ce
spectacle affreux?

M I R Z A *en essayant de se lever.*

Vains efforts!... Quoi! faut-il donc que je
meure sans venger mon trépas? (*on entend un grand
bruit*) — Mais quel est ce bruit! Ah si quelque main
propice me prêtoit son secours, je pourrois........

A M E S T R I S.

On approche : Dieux tous puissans, écartez le
danger qui m'environne!...

M I R Z A.

Holà, quelqu'un? qui que tu sois, accours à
l'aide de Mirza.

SCENE IV.

LES PRÉCÉDENS. ORCHANÈS.

O R C H A N È S.

Seigneur; — mais que vois-je! Quelle main
barbare a osé vous percer le flanc?

M I R Z A *en montrant Amestris.*

Regarde : — Voilà mon assassin.

O R C H A N È S.

Nuit affreuse ! à combien d'accidens as-tu porté
ton ombre. — Je frémis de vous dire, Seigneur,
que Cléone, votre fille : — n'est plus.

M I R Z A.

Qu'entens-je ! ah : cette perte fait à mon cœur
une blessure, mille fois plus cruelle que celle qui
va fermer ma paupière. — Mais dis-moi, nomme
le traître qui l'a immolée ?

O R C H A N È S.

Je l'ignore, Seigneur ; placé à la porte du Temple,
j'entendois les voûtes retentir des plaintes de vos
ennemis ; tout-à-coup le calme succède aux gémissemens, un silence profond semble annoncer
le repos. J'entre, je trouve un jeune esclave étendu
sur les marches de l'Autel : j'approche, & je reconnois les traits enchanteurs de l'aimable Cléone, un
poignard avoit ouvert son sein ; le sang ruisseloit encore ; un reste de chaleur montroit qu'à peine elle
venoit d'expirer ; je ne sais, Seigneur, comment elle
a succombée ; je ne puis même soupçonner qui l'a
conduite dans le Temple ; les portes en étoient fer-
mées, & cependant vos prisonniers avoient fui.

A M E S T R I S *à part.*

Bonheur inespéré! Ils ont fui! Ah, toute ma fureur renaît à cette affreuse nouvelle.

M I R Z A.

Quel chemin ont-ils pris?

O R C H A N È s.

Qui pourroit nous en instruire? Toutes les issues étoient gardées, hors celle qui communique à ce Palais; & je viens de m'en assurer.

A M E S T R I S *à part.*

Le Ciel veillera sur eux.

M I R Z A.

O fortune! ce dernier trait annonce ton inconstance. — Mais je ne périrai pas du moins sans être vengé, (*à Orchanès*) saisis-toi de cette perfide, & approchez-la de moi.

A M E S T R I S *à Orchanès.*

Si ton cœur conserve la moindre humanité, méprises les ordres d'un tyran...

M I R Z A.

Ne l'écoute pas : les mânes de Cléone demandent un sacrifice.

A M E S T R I S *à Orchanès, qui l'entraîne vers Mirza.*

Prens pitié de ma jeunesse... Cruel! ne hâte

pas mon infortune.... (*Orchanès la pousse rudement vers Mirza, elle tombe près de lui, & dans le même instant il la poignarde*)

MIRZA.

C'est ainsi.. que je me venge de mes ennemis.

AMESTRIS.

Barbare ! tu ne démens pas ton caractère.

MIRZA *à Orchanès.*

Vas, cours instruire la Reine de mon malheur. Dis - lui qu'avant d'expirer, je dois l'instruire d'un secret d'où dépend son salut. Dis-lui que mon ame est prête à quitter sa misérable demeure. (*Orchanès sort*) ... Mes yeux s'obscurcissent.... Un voile épais me dérobe la lumière..... Ah ! c'est sans doute celui de la mort.... Oui : je sens approcher le moment redoutable.... dont frémit la nature.... là. (*Il meurt*).

AMESTRIS.

Voilà donc ce mortel, si fier, si jaloux de son pouvoir !.... Qu'est devenu sa puissance ? Hélas ! faudra-t-il que je périsse, quand tout m'engage à vivre.... Essayons de fuir de ces lieux ? Peut-être, quelque main bienfaisante arrêtera la source de mon trépas ? — (*Elle se lève*) Où porterai-je mes pas chancelans ?.... Allons, l'amour me prêtera des forces. (*Elle sort lentement*)

F iv

SCENE V.

MEMNON, ARTAXERXÈS, *tenant un poignard d'une main, & une lanterne sourde de l'autre. Ils arrivent du côté opposé à celui par lequel Amestris est sortie.*

MEMNON.

CET appartement est habité, mettons-nous en garde contre nos ennemis

ARTAXERXÈS.

Voyez-vous, Seigneur, les traces de sang dont ce marbre est teint? — Remarquez-vous ce cadavre?... Me trompai-je!... Ah Memnon, c'est celui du perfide Mirza, les Dieux se déclarent pour nous.

MEMNON.

Paix : j'entends quelqu'un s'avancer vers ces lieux, mettons-nous à l'écart.

SCENE IV.

LES PRÉCÉDENS. AMESTRIS.

AMESTRIS.

Toutes les issues sont occupées par les Emissaires de Mirza.

ARTAXERXÈS *bas à Memnon.*

Quel son vient frapper mon oreille?...

AMESTRIS.

Hélas! je ne dois plus songer qu'à mourir...

ARTAXERXÈS *courant à elle.*

Vivez pour un époux qui vous adore. Ah ma chère Amestris! Ce moment va finir tous nos maux...

MEMNON.

Ah! ma fille! reconnois ton père!...

AMESTRIS.

Dieux! quelle bonheur soudain....

ARTAXERXÈS.

C'est le Ciel, c'est son pouvoir suprême qui nous réunit.

AMESTRIS.

Oui : ce sont les Dieux sans doute qui vous amènent en ces lieux, pour recueillir mon dernier soupir.

MEMNON.

Quel affreux discours!...

ARTAXERXÈS.

Que vois-je! Quel est ce sang qui rougit votre sein?

AMESTRIS.

C'est une blessure mortelle, c'est l'ouvrage du barbare Mirza. — Le traître profitant de mon infortune, a voulu ravir mon honneur....

MEMNON.

Et tu as préféré la mort. O digne fille de Memnon! ta vertu console ton malheureux père.

AMESTRIS.

J'avois immolé le perfide, j'allois même me dérober à sa cruauté, quand Orchanès est entré, le monstre m'a entraîné vers Mirza, & celui-ci, d'une main tremblante, m'a percé le sein avec ce poignard.

ARTAXERXÈS *d'un ton furieux.*

C'en est trop, grand Dieux! ne croyez pas que je survive à cet affreux évènement. — O terre! renferme dans ton sein, ma gloire, mon amour & mon ambition.

AMESTRIS.

Je conçois vos douleurs par l'excès de mes maux.

— Ah ! mon cher époux !... Ecartez , s'il se peut , le coup fatal qui va nous séparer.

A R T A X E R X È S.

Grand Jupiter , permet que ma mort désarme le destin.

M E M N O N.

Je ne puis soutenir ce langage attendrissant ! (*il pleure*) Ah ma fille !... Voici les premières larmes que m'arrache l'adversité.

A M E S T R I S *d'une voix éteinte.*

Ah mon père ?... Et toi , mon chèr Artaxer- xès.... souviens-toi de nos liens malheureux.... L'horreur du trépas m'environne.... La mort sur le seuil...de sa sombre caverne....attend sa proie... Ah !.. adieu.

(Elle meurt)

A R T A X E R X È S.

Elle expire!... ses yeux sont fermés pour tou- jours. — Filles du destin ! non : vous ne m'enle- verez point mon trésor : c'est pour vous le dis- puter , que je me plonge avec elle dans le tombeau.

(Il se tue)

M E M N O N *regarde, & semble stupéfait par la douleur.*

Oui :... je sens un calme mortel.... succéder à ma douleur.... Il suspend toutes les facultés de mon ame.... Quel spectacle pour un père !... Dieux immortels, sont-ce là vos bienfaits !.. falloit-il prolonger ma vie pour ce comble d'infortune ? — Ah malheureuse vieillesse ! *repaire de* maux & d'infirmités : maudit soit celui qui cherche à languir sous ton fardeau. — J'ai mille fois bravé la mort dans les combats, & ce tyran impitoyable m'a refusé son secours. — Allons, peut-être aujourd'hui, me sera-t-il plus propice.

(Il sort précipitamment)

S C E N E V I I.

ARTÉMISE, *précédé de flambeaux.* OFFICIERS
de la Reine.

A R T É M I S E.

Pourquoi des cris importuns viennent-ils troubler mon repos ? — Mais quelle scène meurtrière s'offre à mes regards ? Artaxerxès !.... Mirza !... & la fille de Memnon ?.... Quoi Mirza ! tu n'as pu échapper aux coups de tes ennemis ?... — Vaine prévoyance des humains ! Malgré ta sagese, tu as succombé, tu est forcé de céder au destin.

Un Officier *regardant du côté des coulisses.*

Ah Madame ! quelle horreur me saisit : Memnon achève là bas sa longue carrière.

ARTÉMISE.

Hé bien : loin de t'en affliger, applaudis-toi de son trépas ; il assure ma gloire & le repos de la Perse. (*On entend un bruit tumultueux, & un cliquetis d'armes*) Mais : quel est ce bruit affreux ?....

SCENE VIII.

Les précédens. UN OFFICIER *accourant les armes à la main.*

L'OFFICIER.

Fuyez, Madame : le peuple, les soldats, les gardes du traître Bagoas ont instruit Artaban de votre dessein ; ce Prince indigné de se voir captif par vos ordres, a forcé les portes de son appartement ; il a couru au Temple avec le projet d'en arracher vos ennemis, & de réparer l'insulte faite à Artaxerxès.

ARTÉMISE.

Mon fils s'est armé trop tard en sa faveur. (*Elle montre Artaxerxès*) Voyez, pensez-vous qu'un tel rival soit dangereux ?

L'Officier.

Craignez la fureur d'Artaban, il vient d'immoler Orchanès à sa colère... (*on entend un bruit plus écla-tant*) — Ah Reine ! voici les rebelles qui approchent, fuyez....

Artémise.

Non, non, je les attends sans frayeur.

SCENE IX.

Les précédens. ARTABAN & CLÉANTHES, *les armes à la main, suivis du Peuple, des Gardes & des Guerriers.*

Artaban.

Si le crime doit triompher de la justice, la vertu ne sera donc qu'une vaine chimère. — Mais quel spectacle horrible vient frapper mes yeux ! O nature, jette un voile sur mes sens égarés, que je n'aie point à rougir à l'aspect d'une telle mère.

Artémise.

Fils ingrat est-ce ainsi que tu récompenses mon aveugle tendresse.

Artaban.

Voyez, Madame; voyez les effets de cette vive tendresse, voilà ;... voilà les ravages causés par votre ambition. — C'est ainsi que les méprisables artifices d'une femme flétrissent ma renommée ! Que dis-je ? C'est peu de me ravir ma gloire, vos funestes détours m'ont encore privé de Cléone. Entraînée dans le labyrinthe de vos lâches intrigues, ce digne objet de ma tendresse, a succombé sous les manœuvres de votre politique. — Mais c'est trop long-temps gémir dans vos fers, Madame : je veux, dès ce moment même, user de mes droits, & je jure par les Dieux protecteurs de la Perse, que je gouvernerai mon peuple en Roi. Le bonheur de ce peuple sera désormais mon soutien ; je veux qu'il bénisse le Trône, garant de son repos. — Vous êtes ma mère, vous êtes la veuve du grand Arsace, à ce titre, je vous laisse, Madame, un Empire absolu dans votre Palais : régnez-y en paix sur vos esclaves ; mais n'espérez plus de troubler le repos de l'Etat.

A R T É M I S E.

Ton père, plus sage que toi, n'a point rougi d'écouter mes conseils : toi-même, jeune téméraire, tu me dois ta puissance. Qu'eût été Artaban, sans les efforts de cette politique qu'il dédaigne aujourd'hui ? Confondu dans la foule, tu ne serois que le sujet d'Artaxerxès. — Mais bientôt tu réclameras mon appui. Tu sentiras tout le poids de ce diadème, qui te paroît aujourd'hui si léger :... & si ton orgueil ne cède à la prudence, tremble : je saurai renverser l'idole que j'ai tirée du néant. (*Elle sort d'un air furieux*)

A R T A B A N *à ses Gardes.*

Qu'on observe la Reine : prévenons les fatales conséquences de sa fureur. Magas peut servir ses desseins.

C L É A N T H È S.

Magas n'est plus à redouter, Seigneur ; les Dieux dont il bravoit la bonté, ont enfin puni son imposture. Cette nuit , tandis que d'une main sacrilége il présentoit au peuple l'image auguste de Mithras , tout-à-coup, le souvenir de ses crimes a allarmé la colère des Persans. Une troupe aguerrie tombe sur lui , le perce de mille coups , & venge le Ciel de ses forfaits.

A R T A B A N.

Tôt ou tard les Dieux punissent le meurtre & l'impiété. Ah mon cher Cléanthès, que cet exemple me serve de leçon ; qu'il m'apprenne à respecter la justice, que l'honneur & la vertu soient mes guides; qu'il soient l'appui de mon Trône, les Dieux veilleront alors sur cet Empire. Eux-mêmes en affermiront la base sur les plus solides fondemens.

F I N (1).

---

(1) Cette pièce , donnée au public en 1700, a une grande conformité avec la Tragédie de Roxelane & Mustapha , jouée sur le Théâtre François, en 1785.